我们脱贫啦

（乡业篇）

◎苏志付 / 巫碧燕 —— 著

广西美术出版社

图书在版编目（CIP）数据

我们脱贫啦. 乡业篇 / 苏志付, 巫碧燕著. -- 南宁：
广西美术出版社, 2021.1（2021.7重印）
ISBN 978-7-5494-2321-7

Ⅰ.①我… Ⅱ.①苏… ②巫… Ⅲ.①纪实文学－中
国－当代 Ⅳ.①I25

中国版本图书馆CIP数据核字(2021)第006481号

我们脱贫啦（乡业篇）

WOMEN TUOPIN LA XIANGYE PIAN

总 策 划：宋震寰　张艺兵
著　 者：苏志付　巫碧燕
图书策划：杨　勇　潘海清
责任编辑：潘海清　黄雪婷　吴谦诚
装帧设计：石绍康　陈　欢
内文排版：吴谦诚
校　 对：张瑞瑶　韦晴媛　李桂云
审　 读：陈小英
责任监印：莫明杰　黄庆云
出 版 人：陈　明
终　 审：杨　勇
出版发行：广西美术出版社有限公司
地　　址：南宁市望园路9号
邮　　编：530023
制　　版：广西朗博文化发展有限公司
印　　刷：北京楠萍印刷有限公司
版　　次：2021年1月第1版
印　　次：2021年7月第1版第4次印刷
开　　本：787 mm×1092 mm　1/16
印　　张：6.5
字　　数：45千字
书　　号：ISBN 978-7-5494-2321-7
定　　价：36.00元

此书记录着

第一书记镜头中的定坡村变迁

"定坡"，在壮语中意为"山脚"，她道出
了一个村庄安居山脚的梦。定坡村易地
扶贫搬迁安置点，占地约163.34 亩，安置
贫困户约 215 户，她让世代山居的定坡
村村民美梦成真。

鸟瞰易地扶贫安置点。
2020-07-13

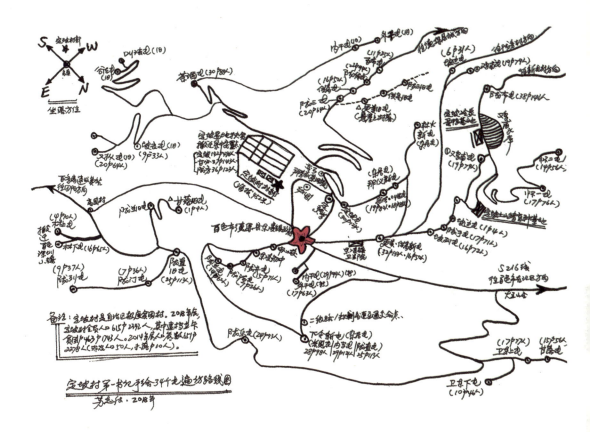

定坡村第一书记手绘34屯遍坊路线图

劳志佳·2018年

编写说明

2020年3月6日，中共中央总书记习近平在决战决胜脱贫攻坚座谈会上讲话："到2020年现行标准下的农村贫困人口全部脱贫，是党中央向全国人民作出的郑重承诺，必须如期实现，没有任何退路和弹性。"

一滴水可以折射太阳的光辉，一个村可以映照国家的历史。广西壮族自治区百色市德保县东凌镇定坡村，地处西南边陲，瑶壮混居，是广西100个极度贫困村之一，是脱贫攻坚的样本。本书致力于记录定坡村的脱贫攻坚进程，记录这项对中华民族、对人类都意义重大的伟业。

本书主创、定坡村驻村第一书记苏志付，自2018年3月任期之始，便对定坡村进行了近三年的拍摄。第二主创、《南国早报》文字记者巫碧燕，定期入村采写。全书体例如下：

一、本书以新闻纪实为手段，以摄影和文字为载体，以田野调查为方法，打造乡业专题。用人和事以点带面，用真实和细节感人至深，是本书的特色。

二、本书的图片主要系苏志付拍摄，图片说明系苏志付创作，文章系巫碧燕创作。图片与文章高度关联，又有所独立，图片的独立性体现在每篇文章后的组图中。组图另设小标题，以示区隔，如第15页"兰吉来 陈紫辉"、第26页"兰绍辉"等。

三、关于书中的人称。苏志付在图片说明中以第一人称——"我"来讲述图片拍摄背后的故事。巫碧燕在文章中则以第三人称——"苏志付"来描述她眼中的驻村第一书记。

四、全书的图片大部分注明拍摄日期，旨在呈现作者对定坡村的持续关注，定坡村村貌和贫困户生活的变化。

五、书中定坡村每项数据都实时变动，并非事实差错。

自序

我是一名驻村第一书记，也是一名业余报道摄影师。

2018年3月19日，我受工作单位——广西壮族自治区人大常委会办公厅的派遣，来到广西百色市德保县东凌镇定坡村，担任驻村第一书记。

2018年年初，定坡村下辖34个自然屯，615户2392人，75%的人口为瑶族，25%的人口为壮族，人均耕地面积不足1亩。全村建档立卡贫困户共463户1743人，贫困发生率高达72.86%（建档立卡未脱贫人口÷2014年年底农业户籍人口数=贫困发生率），是全区100个极度贫困村之一。定坡村驻村工作队、村"两委"立下了"军令状"，要确保在2020年年底之前，实现定坡村全部建档立卡贫困户脱贫。

我在极度贫困的定坡村"拔穷根"，屡屡绝处逢生，处处考验定力。我用体重骤减、心脏绞痛、焦虑失眠为代价，坚守了定坡村近三年（原计划任期为两年），现在看来，定坡村在2020年年底脱贫摘帽已完全没有问题。

驻村期间，摄影一直是我工作的帮手，我拍摄的视频、图片素材屡屡登上定坡村集体经济产业的宣传册、广告、包装盒，而我，也频频化身网络主播、微商，为定坡土山猪、冷泉鸭蛋代言。我用镜头打造的"定坡风光""定坡乡味十二品"，已成为定坡新名片。

我看到了定坡村的日新月异、翻天覆地的变化，累并快乐着，也萌生了"为定坡村造像"的念头。

为了拍好定坡村，我自掏腰包升级了摄影设备，利用周末、节假日，拍摄同一村屯、同一人物、同一房屋的演变，拍到了定坡村几百户人的全家福、生活细节，拍到了定坡村的日常耕作、二十四节气、最后51户贫困户……我坚持镜头中有人，有普通老百姓，不干扰他们的日常生活，用朴实无华的手法，真实地记录定坡。同事看到我两个月才回一趟家，说我就是个疯子。

照片拍成了，如何从海量的图片中选择、整理，最后结集成册？

我特别感谢广西美术出版社副总编辑杨勇、责任编辑潘海清，他们多次开会研究，多次来到定坡村指导，他们建议我从一个个具体的人物和故事切入，以点带面、以小见大。

"照片带来震撼，文字带来重量。"我尤其要感谢本书的文字主创巫碧燕，感谢她写下的细腻深情的文字。

小巫是一名资深记者。2018年11月，她第一次来到定坡村，采访脚患怪疾的瑶家三姐弟。在教室里，她蹲下与孩子们交流；在采访路上，她把腿脚不便的孩子抱起。她发出的报道催人泪下，获得了数百名爱心人士的关注，又义务建立起爱心群，把孩子们接到南宁治疗。此后的两年里，爱心群持续发光发热。她和我还在定坡小学发起艺术计划、奖学金计划、书包计划、鞋子计划、校服计划，帮助定坡小学的孩子圆了艺术学习、书包、鞋子、校服梦。

小巫是土生土长的德保人，她对定坡这片土地，有着天然的亲近，她自告奋勇要为我拍摄的照片配写文章，我当然应允。2019年5月，小巫怀着身孕，多次利用假期，挺着大肚子，一个人搭着乡村班车来到定坡村，爬山、采访。2020年年初，她的宝宝诞生了，她又趁着产假，带着宝宝来到定坡，最长待了一个月。采访路上山高路远，她总是带着一个装着冰袋的保温瓶，保存中途挤出的母乳……

最重要的是她的创作理念和文字能力。

小巫坚持用真实去打动读者，只有亲眼见到、亲耳听到的，才会写进书里，首稿不满意，就推倒重写，她把每一篇文章都当成艺术品一样去雕琢。有时，小巫写一篇千把字的文章，要花好几天，我都着急了，但她说："一定要让读者看到我们的诚意。"

小巫坚持跳出新闻报道的传统，创造性地运用当下互联网上推崇的"非虚构写作"手法，书写"泥土味"的定坡故事。我总看到她采访得很细，把事发时间精确到一分一秒，把现场一株植物、一只蝴蝶的学名都要弄清。她告诉我，只有这般具体，才能刺激读者在脑海"搭建"出一个现场。难怪小巫把看似"遥远"的扶贫故事，写得就好像发生在身边一样。这就是读者期待的"代入感"。

责任编辑潘海清说，我和小巫就像钢琴的四手联弹，彼此成就，彼此激发对方的艺术表现力。是的，小巫的文字很突出，我有时候觉得她才是第一作者。

我的扶贫工作繁重，没有她，就没有《我们脱贫啦》这本图书。小巫也曾说过，幸亏有我这位和村民打成一片的第一书记，她才得以深入贫困人家与他们同吃同住，得以零距离地接触他们的内心，才能下笔如有神。我想她说得也对，我也是因为熟悉，所以热爱，因为热爱，所以像个"快乐的疯子"般持续不断地记录、拍摄定坡村。

最后，我想说，《我们脱贫啦》不仅仅是一本图文故事集，它还注入了小巫作为德保人的乡情，注入了我这名第一书记的豪情。它像一份特别的驻村成绩单，我问心无愧！

在图文书籍公开出版发行之际，我还要：

感谢定坡村的父老乡亲，谢谢乡亲们的宽容和支持！

感谢定坡村"两委"和挂村、驻村工作队，谢谢你们的帮助！

感谢我的定点后援单位——广西壮族自治区人大常委会办公厅！

感谢我们自治区人大常委会办公厅派驻德保县扶贫工作队！

感谢我们中共德保县委员会、县人大常委会、县人民政府以及后援帮扶单位！

感谢数不清的关心定坡、支持定坡的爱心人士！

感谢我的家人一直以来的支持和付出！

千言万语道不尽，一切尽在书籍中！

谢谢！

定坡村驻村第一书记 苏志付

2020年11月1日于定坡村

目录 / *Contents*

定坡村口述史

口述人：

兰绍辉（1996—2002年任村党支部书记）

黄仕来（2014—2017年任村党支部书记）

颜庭财（2017—2020年任村党支部书记）

何建佐（2017至今任村委会副主任）

谭耀华（1940年生，定坡村第一位大学生）

定坡村基本概况

东凌盆地像个锅，东凌镇镇政府所在地（东凌村）是锅底，定坡村就在锅边的高山上。定坡村村民在盆地有水田，有些是土改分的，有些是自己开垦的。长期以来，村民就是在"锅边"睡觉，在"锅底"种田，山下收米、山上晒米、山下碾米，把谷子来回背3趟才吃得上，另外还在石缝里种玉米、猫豆、高粱。

20世纪80年代，定坡村民相对隔绝，不太敢下到"锅底"的镇上，怕被欺负、被看不起。

全村分为陇兰、陇布、茶酒三个片区，共34个屯。陇三屯最高，海拔为1200米；林下屯最远，从村部走路去得3个小时；陇于屯前面，是真正没有一分土，村民去自己的菜地要走30分钟。"这里公鸡吵架都找不到""走小康？走米糠还差不多。"几十年前，有人这么形容定坡村。

90年代，定坡村开始有人外出打工，有些是自己去，有些是村委组织去的。1990年，有人到南宁的"搬物专业社"打工，搬空一个房间挣6块钱。

20世纪末，定坡村一共有2287人，有约1800亩田地，人均不到1亩。

定坡村住房和搬迁

1949年后到90年代，定坡村主要是茅草房，火灾频发。以下为不完全统计：

1967年，甘落屯10间茅草房被烧毁，死亡2人，粮食、家禽、家畜被烧光；1998年4月，林下屯15户人家遭火灾，未有人员死亡，当时劳力外出做农活，且家中缺水，老幼只能眼睁睁看着房子被焚毁。据调查，火灾是村民在阁楼上剥玉米，碎屑从木地板缝隙掉到灶火中被点燃引起的。1999年，岩恩屯1户人家，在移动灶火时引发火灾，所幸无人伤亡，也未波及邻居。

20世纪90年代末，村民流行购买周边村屯淘汰的旧瓦片，肩挑马驮把旧瓦片运上山，换下屋顶的茅草。

1949年后，县政府曾动员瑶族人迁到平地居住，东凌、经律（现定坡村）的瑶族迁到仁爱大队（现东凌镇甘必村）那塘（地名）辟建新村。1958年移民已有50多户，后因不愿居住，逐步迁回原地，至1981年后只有11户。

1997年至1999年，国家动员拥有耕地不到1亩的村民，搬迁至田林县能良乡，计划分给每个移民5亩山林种八渡笋、五分水田种水稻。1997年，第一批约100户500人去往能良乡新六隆点；1999年，

定坡村屯大致方位图，由口述人兰绍辉手绘，注：社即屯。
2020-08-14

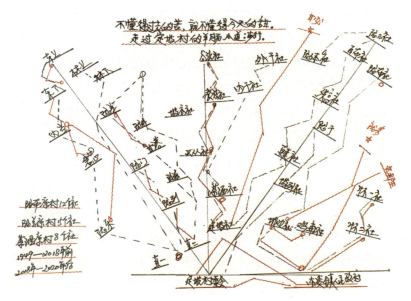

第二批46户约250人去往能良乡旧六隆点。由于种种原因，在之后的10年内，绝大部分移民迁回，目前，新六隆点仅剩下6户，旧六隆点仅余下7户。

2004年，德保县发展和改革局利用中央预算内专项资金，在定坡村定坡屯实行扶贫搬迁试点工程，工程包含住房、人畜饮水、供电、道路和产业开发，2007年至今安置110人。

2010年起，村民开始用外出务工的积蓄，在"锅底"（东凌镇政府所在地）买地建砖瓦房。

2015年至2020年，是搬迁的高峰期，有自主搬迁的，有响应国家易地扶贫搬迁政策的。没有搬迁的，也在老屯建起了水泥砖房。

定坡村的水、路、电

定坡村缺水，看天吃饭，稻米产量也不高，后来60年代修了鸡甫水库，80年代种植杂交水稻，口粮短缺的问题才有所缓解。但是，住在"锅边"的村民经常需要到"锅底"挑水喝。

1988年，定坡村茶酒片区的村民自己拉了低压电，1990年，该片区有了第一台电视，用"锅盖"收卫星信号。2001年，陇兰片区有了第一台电视，是一台用600元买来的二手黑白电视机，没有电视信号，只用来播放VCD。现在的定坡村，家家户户都有电视看。

1997年，政府出水泥、炸药，村民出人力，建设了第一批家庭水柜。1999年12月，政府在定坡村启动"集雨节灌"工程，计划给定坡村建200个地头水柜。2000年9月，解放军也来支援，他们用肩膀扛水泥，走6千米山路到卫东屯。有的战士在半山腰实在扛不动了，也没有放弃；有的战士肩膀磨烂完了，也不喝村民的茶水。最后，定坡村建成了133个地头水柜。

1998年,定坡村建成第一条砂石通屯路,通往叫法屯。那时,政府出钢钎、十字锄、炸药,定坡分工到户出人力。该屯也有了全村第一辆摩托车。2005年前后,有老板跟村民协商用路换土坡租约,有土山坡的卫东上、下屯因此有了能走车的砂石路。2014年,修通了从定坡村到甘必村的县道,去县城多了一条路。2018年、2019年、2020年这三年,修的路比过去几十年修的路都多,住人的村屯都有了水泥路,新屯的道路也全部硬化。

定坡村的教学点

1950年,定坡村建立第一所小学——陇兰小学,设立一至三年级。唯一的老师叫韦忠显,壮族,小学三年级文化水平,会说瑶话。自此,周边的甘落、陇直、陇井等几个瑶寨,开始走出了瑶族老师、瑶族干部,以及定坡村第一名大学生谭耀华。谭耀华生于1940年,1969年毕业于中央民族学院(现中央民族大学)历史系。

后来,陇兰小学搬到陇直屯(改为陇直小学),该教学点辐射15个屯。村里还设立过茶酒教学点,有一至五年级,辐射8个屯;设立陇布教学点,辐射12个屯。定坡小学1960年建立,是德保县最大的村级完小,2020年有学生250名,瑶族学生占94%。

20世纪70年代,定坡村在定坡屯设立初中,该村多任村支书均毕业于此。该初中产生了两届毕业生,后被撤销。

距离学校越近的村屯,走出的大学生、干部就越多。

散养在自然环境下的定坡土山猪。2020-05-03

1

德保黑猪的再兴

50年代末,德保黑猪曾作为优良猪种被列入广西初级中学课本,它香甜细嫩,是很多人念念不忘的童年味道、家乡味道。可是,80年代末,德保黑猪被饲养期更短、出肉率更高的外来猪种打败,一度濒临灭绝。

2018年4月,德保县东凌镇定坡村大学生、24岁的兰吉来带着来自北方大城市的女友返乡了。干啥?组建合作社,养猪!养纯正的德保黑猪!东凌镇是德保全境内唯一保有纯种德保黑猪的乡镇。

2020年6月,德保黑猪获颁国家农产品地理标志登记证书。

"上下同欲者胜",政府、企业、村里朝气蓬勃的年轻人……酝酿着一场德保黑猪的再兴。

一

　　2019年8月26日上午，德保县东凌镇定坡村，雨后初霁，凉风送爽。在村黑猪养殖育种基地的工地上，返乡创业大学生兰吉来，正在和40岁的姑丈黄国成一起，给地基的钢筋绑扎。而今，他们是雇佣关系。

　　兰吉来，25岁，瑶族，定坡村对从屯人，2017年7月毕业于西北民族大学金融学系。起初，亲友都劝他找个公务员之类的稳定工作。说多了，小伙子着急了："你们再逼我，我就从崖上跳下来！"

　　大家再不敢吱声，村里都是连草都长不高的石山，跌下来要人命。

　　"那你要干啥？"

　　"我要回村创业，养猪！"

　　回村？听到的人都倒吸一口凉气，谁不知道定坡村的"好"名声。它可是国家极度贫困的瑶村。

　　"这孩子，心里怎么想的？"

　　在后来的定坡小学"大学生回母校"的活动上，兰吉来终于吐露心声："如果我选择朝九晚五，可能也会是一个相当不错的白领，但是我没有，我遵从了内心最诚实的想法：返乡，与父老乡亲们一起创业。这是一条充满艰辛和曲折的道路，这对我此生意义非凡。"

　　兰吉来不但自己铁了心回来，还带回了一位兰州城里的女朋

兰吉来和母亲坐在山顶眺望大
山，新规划的高速公路将从这里
穿过。2019-06-04

友陈紫辉。两人是大学金融学系的同学，本该"哗啦啦"点
着钞票的嫩手，却甘愿掏猪粪、熬猪食。白天，他俩泡在猪
圈，晚上，他俩围在灯下，恶补《农家百科历书》《高效养
猪》《猪病诊治一本通》……他们还把学习笔记、养猪日记
码得工工整整。

　　"大学生到底还是不一样！""那就跟着干呗！"兰吉
来返乡的一个月后，同村的两位"90后"小伙伴：电子商务
达人何志明、机械能手黄芳正也分别从广东、柳州返乡。他
们与兰吉来一起，各自发挥所长，成立了德保县吉尚共富
种养专业合作社。

二

　　2019年4月初的一个上午，陈紫辉和兰吉来翻山拜访散养户。步行至山巅时，阳光正穿过云层，给山脚下绿油油的稻田，罩上了金光。兰吉来不避讳相机的镜头，在女朋友的脸蛋上，啄了一口。

　　紫辉红了脸："过去不曾发现，这里也这么美！"

　　起初，陈紫辉并没有打算留下来，这位汉族姑娘，在兰州城区长大，家境优渥，对定坡村的第一印象是"震惊"："2017年年底，我们花了三天时间，才到吉来家，看到这儿的人，就住在四面漏风的木房里，没有像样的家当……"两人决定先去深圳闯一闯。在那里，兰吉来得知，家乡产业扶贫政策"很强大"，但有政策扶持，也要有"出头鸟"。他要当这只出头鸟。

　　2018年4月，紫辉再次被这位话语不多，但目光如炬的男孩打动，跟着他一起回到了定坡村。创业艰苦，紫辉每天干着农活，常常几个月不出村，一分钱掰成两半花，夜里偷偷抹眼泪，却不敢跟家里人说。

　　兰吉来掏心窝地说，紫辉的支持，是他最大的动力。而今，紫辉标准的普通话、白皙的面庞，也成了桂西深山瑶寨里，一道美丽而稀有的风景。来到定坡村视察的领导总关心地问：那个兰州姑娘跑了没？大家每次都如实回答说，没有，还在村里呢！

　　"北方城里姑娘都到这穷沟了，我们也要帮一把！"南宁企业家黄武强被他俩的故事打动，不惜花费50万元，把自己位于南宁济南路的酒楼装饰一新，在酒楼内挂满"定坡元素"，免费作为定坡土山猪的体验店。

为了节省资金，兰吉来（右）和合作社社员老猎人韦桂权动手砌石头，建设定坡土山猪生态养殖育种基地。2018-07-13

①
②

2019 年 7 月 1 日，定坡土山
猪体验店在首府广西南宁正
式开业。装饰一新的店内充
满了"定坡元素"。
①② 2019-07-01

三

2018年7月，定坡村对从屯的韦秀昌转忧为喜。原来，县里来的猪贩子二话不说，以8元每斤的高价，把她家在本地滞销的两头黑猪给收走了。城里人就喜欢"土得狠"的黑猪。

"这便是机会！"定坡村第一书记苏志付提出了"年初我养猪，年底猪养我"的理念，专攻城里的"年猪"高端市场。

2019年6月2日，烈日当头，几位南宁客人来到了兰吉来的猪舍，只见黑猪仔们个个毛色发亮，两眼滴溜溜放光。不曾想，苏志付竟要把他们带进猪圈里，干什么？喝茶！

"在猪圈里喝茶，平生第一次！"其中的林承炘早年也养过猪，他品着定坡山野茶，一个劲儿地深呼吸："嘿，神了，这猪舍竟然不臭，没蚊蝇，还很凉爽！"喝完茶，继续品肉，两斤"Q弹"鲜香的白切定坡土猪肉，转眼"空盘"。

苏志付这才"解密"："一来，咱们定坡瑶山土猪只吃石山百草。二来，定坡瑶山昼夜温差大，与世隔绝，村民保留土法养殖，猪仔健康硬朗。第三，大学生引进了全新的发酵床技术，无排放、无污染。"

"德保黑猪是广西七大原生猪种之一，广西畜牧研究所发现，仅存的纯种德保黑猪，就在咱们东凌镇！现在，政府正在为德保黑猪申报国家地理标志，届时，它有望和陆川土猪齐名。国家市场监督管理总局已经受理'定坡土山猪'的商标注册……"

话语掷地有声，客人们有了底气。他们回到南宁，便在朋友圈里发起了众筹。7月中，首批20万元投资款，汇入吉尚共富种养专业合作社的账户，因没钱而停工许久的猪场，得以重新启动建设。

　　"书记出马就是不一般。"兰吉来打心眼里感谢苏志付。在过去的一年里，是苏志付带着他们，四处"化缘"，争取到了50万元政府产业扶贫基金、5万元第一书记产业帮扶资金，拜访了县、市、自治区的畜牧研究所，聘请了广西畜牧研究所的专家为合作社的高级顾问，还说服了村民把猪场土地租期延长至15年……

　　投资者陆子任信心满满："猪好，带头人好，干部、政策也很好。相信上下同欲者胜！"

四

　　2019年8月23日，定坡村陇直屯，在贫困盲人阮玉廷的猪栏里，两头合作社赠予的土黑猪猪苗，已经长到45千克。他听到合作社开出不错的价格收猪，国家会有"以奖代补"政策金的消息，便喜滋滋地向第一书记汇报：转天要到山下弄包料，给猪"催肥"。

　　苏志付一听急了："要坚持土法养殖，不能用饲料！"

　　阮玉廷赶紧澄清："这'料'是玉米和黄豆，给猪增加营养的，它们快点出栏，我就能赶在年前养上第二批猪仔。"

　　积极性空前高涨的，可不止阮玉廷一个。2019年3月21日，供高屯的阮氏登，以高出市场三成的价格，将3头大肥猪卖给合作社。她和合作社的4位年轻人一起，连抬带赶，花了两天时间，把猪从高山瑶寨弄到镇上，再搭上专车，来到南宁挑剔食客的私宴上。没几天，她又进了一对猪苗。

　　2020年6月，德保黑猪获颁国家农产品地理标志登记证书。同年3月，吉尚共富种养专业合作社申请的"定坡土山猪"文字商标过审。兰吉来掰着指头算，合作社已有20个金牌散养示范户，今后还将通过合作养殖、土地租用、雇佣劳力，带动100户乡亲稳定增收。兰吉来把自己的微信名，改成了"定坡土山猪引领者"，他离梦想更近了。

　　2020年10月17日，在广西人民会堂举办的消费扶贫活动上，一

通过认证金牌散养示范户带动全村贫困户发展黑猪养殖。2019-10-12

整头定坡土山猪被抢购一空，还收到了40头猪、每头8000元的大订单。在庆功会上，大家回想满是荆棘的创业之路，感慨万千。2019年，非洲猪瘟肆虐，全行业遭遇毁灭性的打击，事业不得不暂停；猪场需要投入资金，保住山上与世隔绝、土法饲养的少量黑猪时，却遭遇投资人背弃投资协定；项目面临着各方面的竞争，需要面对质疑，也曾自我怀疑……

大家问穿起瑶服的汉族姑娘紫辉：后悔过吗？她闷了一口酒，大声答："不后悔！我想贫穷是暂时的，以后会好的。"这句话是对她自己说，但更像是对定坡村说。

眼下，村里能看见越来越多的年轻面孔。在兰吉来的养猪基地的不远处，是定坡村陇三屯"90后"致富带头人兰绍增的土山鸡养殖场。2017年起，鸡场采用林下散养、草屋育种的模式，年出栏400只。

"年轻人的态度，就是乡村的未来"，于是，这个全国最后一批的极度贫困村，因为这些年轻人的归来，看到了更多的希望。

兰吉来
陈紫辉

兰吉来（左）、陈紫辉（中）跟着
兰吉来的母亲（右）摘、尝百草，
学养猪。2019-06-04

陈紫辉用瑶族土法熬煮猪菜。2019-06-03

兰吉来的母亲（右）教陈紫辉挑拣猪菜。2019-06-03

现代化的养猪场里，兰吉来和陈紫辉在干活。①②③④ 2020-10-08

①②
③④

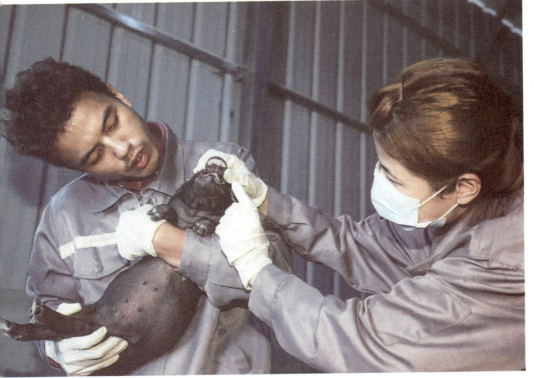

早些时候，兰吉来召集村里的　①
年轻人连夜赶猪、抬猪下山。　②

①② 2019-03-21

① 五户贫困户将土地流转用于建设猪场，猪场为他们捐赠建房急需
的水泥。① 2018-08-21

2020 年 10 月 15 日，在广西壮族自治区人民会堂举办的消费扶贫
活动签约仪式上，定坡土山猪被现场订购 12 头，每头 8000 元，
是目前单日单笔订购年猪最大的订单。② 2019-10-15

手机成了新农具，数据成了新农资，直播成了新农活。兰吉来和何志明在黑猪散养点直播。2020-02-09

定坡村废弃的吊脚楼。2020-10-19

2

老寨新春

21世纪的第二个十年，定坡村原有的34个自然屯（分为陇布、陇兰、茶酒三个片区）六百余户，经历了一次彻底的打乱和重组。他们当中有的在市镇购地建房，有的搬迁至集中安置小区，新的村落初现规模，老的寨子人影渐稀。

有人说：老寨是历史的黄叶。黄叶本身也是美，它的意义在于哺育春天。

在陇直老屯，选择留下来的定坡村老支书兰绍辉，将老寨尚还稳固的旧房利用起来，搭建起新的猪棚、牛棚，开启他的生态养殖计划，他还酝酿了一份"村级新班子建议"，举荐有干劲有想法的年轻人……

定坡村的老寨，依然在哺育着定坡村的又一个春天。

古寨添新貌。2019-09-30

一

　　脱贫攻坚收官之年，定坡村第五代村支书兰绍辉在忙什么呢？

　　来到陇直老屯，看见老寨唯一的砖房、废弃多年的陇直小学校舍外，挂着一件瑶服，一个身影进进出出。这身影麻利得很，一会儿在做木工，一会儿喂鸡。远远地，依然能看见汗水把他的军绿色上衣染深了一大片，一张红润红润的脸扬了起来。

　　可不就是他！

　　兰绍辉早年曾经参与建设东凌镇鸡甫水库，此后当过生产队长、村主任、村党支部书记。多次被选为县人大代表、评为优秀共产党员，1998年12月，还被国家民委、广西壮族自治区授予民族团结进步奖章。

　　一摞红彤彤的代表证、奖状、奖章被翻了出来。

　　"路不好，下个屯调解，半夜才回来。一个月工资30块钱，上级来人，他要招待，一顿饭就花完。"老伴好像在抱怨，但老支书"哈哈哈"笑得更欢。

　　在瑶寨定坡，大家听从品德高尚、阅历丰富、善结人缘的长者，所以，脱贫攻坚这几年，定坡村啃下的"硬骨头"，像陇直新屯通过"无诉讼调解"从6公里外引来了山泉水，卫东上、下屯接上了国家电网……都有老支书在出力。

二

　　陇直小学的旧校舍，讲台还在、黑板还在，用木条把没了窗户的窗框钉一钉，就成了生产用房。旧校舍的墙上贴着2009年国庆当天的《广西日报》，一张布满了灰的桌子上，压了一块新玻璃，旁边齐齐地码放着一本字典、一副眼镜、一本信纸。信纸上写满了工工整整的字：

　　"三问？入党为什么？在职干什么？离职留什么？

　　笔者认为：入党要堂正、勤恳、正直、不谋私利。在职重点调查人民群众吃穿住，路是否全通，水是否足够。电是否实现通电照明，调查一家一户年收入是否达一万元以上，这是在职责任和任务，离职留有石山、土山改变为金山、银山的定坡村34个屯。尤其要有一个好的党支部书记……"

　　那天，定坡村养猪合作社致富带头人、大学生兰吉来来了。兰绍辉告诉他，校舍旁边的瓦棚快整得了，打算和老婆在这里养牛。

　　"为什么是养牛，而不是其他，比如说——猪？前期，合作社给您提供猪苗，后期，合作社刨去成本收购。"兰吉来有点急。

　　"最开始想养猪咧，但后来知道合作社是有息贷款，资金紧，还要给我们有收入。我怕给你们拖后腿，就想着先一边养牛，一边建好猪栏，等你们缓过去！"

　　"我们资金压力确实大，但咱们是订单营销，只要猪好就好办。"

　　"我相信你。我已经发动附近陇列屯屯长黄盛红、甘落屯屯长

陇直小学废弃的校舍，被老支书改造成了生产用房。
2020-09-30

卢以全组成'七叔公散养点'，让有条件养猪的户，用老房搭猪棚，前期每户5到10头猪。你们返乡创业本来就很难，我们老人家也想帮一把。你们放心把猪交给我们！"

其实，兰绍辉早就相中了眼前这个年轻人。在旧校舍里，一张信纸静静地躺在桌案上，上边写着：

"村级班子上的要求，选好一名党支部书记，带动全村建设一支好队伍，做到新长征道路上不少一人，小康社会不掉一人。重视和培养大学生走进村级干部队伍。

提名推荐村级新的班子建议，供工作队参考：

定坡村的村史，原始三个村来合并。如：

陇布片区村干2名。

陇兰片区村干2名。

茶酒片区村干1名。

提名：陇布片区，兰吉来……"

三

定坡村的老寨，散发着独特的美感，经得起镜头的审视。

例如内干老屯已经整屯搬迁，一株藿香蓟从废弃的石磨盘下，挣扎着长出来，开出了白色的花。它过去只生长在中南美洲，而今已经遍布中国南部。残缺的缝纫机、黑白电视，是老寨定格的年代。夕阳中，破碎的瓦砾散落在荒草之间，腐木已经融入大地，只有三座并列的、完整的石阶依然伫立，投下长长的阴影，过去，它们通向主人的堂屋，而今，它们是高傲的石碑，指向天空。

内干老屯距离新公路不远，原有的136亩土地，被村民桑蚕合作社租用，种上了桑树。

2020年的下半年，又在陇直老屯走了一圈。老校舍对面的一户人家已经搬到了安置点，老吊脚楼被收归集体用于发展产业，有人用石块、防晒网，依着石头山势一围，就造出一个羊圈，养了十几头羊。前阵子，还有人拉回了几头小猪仔。

老校舍的上边，是谁家的房子？只见屋檐下晒着两件衣服一条毛巾，提示里边住着人，只见房子旁的一块空地上已经被新砖围了起来，隔成四个格子，运砂石的推车还未撤走，像是未完成的新猪圈。

有人说：老寨是历史的黄叶。黄叶本身也是美，它的意义在于哺育春天。

老寨不废，定坡村的老寨，依然在哺育着定坡村的又一个春天，一个更加绿意盎然的春天。

兰绍辉

老寨的老树根也被利用起来了，它被做成
了一把椅子。① 2020-06-25
老支书兰绍辉珍藏着民族团结进步奖章。
② 2020-08-14
兰绍辉和老伴谭秀实放牛马，搞生产。
③ 2020-10-06

①
——
②
——
③

兰绍辉和陇列屯屯长黄盛红(中)、甘落屯屯长卢以全(右)
组成"七叔公散养点"。① 2020-10-09
兰吉来给兰绍辉免费送来定坡土山猪猪苗。②④ 2020-10-09
卢以全家一头 215 斤的肥猪出栏，由于是土法养殖的，
卖价也高。众人齐力把它抬到 20 米外的通屯新路外销。
③ 2020-10-05

①	
②	④
③	

兰绍辉喜欢在墙上写些
心里话。2020-10-09

更类屯
内干屯

更类屯的梁忠武、黄氏美一家
在老寨放羊、种菜。

①
─
②

①② 2020-02-20

①
②③

内干屯已整屯搬迁，原有的 136 亩土地
被用来种桑养蚕。老寨被绿意包围。

① 2019-09-03 ② 2020-05-10 ③ 2019-10-22

定坡冷泉麻鸭。2020-04-19

3

鸭司令覃文选

　　覃文选，1972年生，小学文化水平。他的祖辈从平地逃上山，与世隔绝，而他呢，不但从山上搬下来，还带大家致富。

"站在这，看上面，看见没有，（山顶上）有棵大树，树下就是我的老房。"覃文选说。

只有站在覃文选新家大门框东侧，才能看见这棵"空中"的树。1949年前，山下帮派狂得很，逼着人拜山头（土话叫拜庙），覃家祖辈不从，便拖家带口，躲到了高山上。

山下的田毕竟带不走，天不明，覃家人就得背上白粥咸菜，下山种地，等追着沉下的太阳回到家，星斗已挂满天。等打得了稻谷，需要背上山晒干，再驮到山下舂好——汗水淌了几个来回，才备得来年的口粮——"苦咯！"

1999年，覃文选用田换山下的宅基地，盖起了茅草棚；2007年，茅草棚改成砖平房；2015年，他拿出血本，养了鸭和鱼；2018年，覃文选脱了贫。

可覃文选的心比老房的树都高，他还想干不一样的事，干几代人不敢想的事。

2019年，有人上门找到他："能不能借你的地养鱼？"原来，覃文选的田在水库下游。两山夹一沟，冷泉哗哗流，一直以来，出产的鸭和鱼价钱好得很，这不就是绿水青山？这不就是金山银山？

覃文选跟村委一合计，他拿出了养活几代人的田，村里和后援单位找来100万元，建成了蛋鸭水产养殖基地，水面养鸭，水下养鱼，第一批鸭就有8000只，鲤鱼2000尾，他成了致富带头人。覃文选说："没想过能管那么大一个鸭场。"

但老伴儿心里没底：致富带头人能当饭吃？万一鸭不下蛋，口粮也没了。

而覃文选像吃了秤砣：至少，我能把技术学到手。

覃文选边干边学，村里帮着整理的《过渡期养殖注意事项》《产蛋期养殖注意事项》，都替他清清楚楚地贴在墙上。养殖基地从开工到建成，后援单位带来了一拨又一拨主管领导、饲养专家、销售能手。自从祖辈躲上山，覃家门前好像都没这么热闹过。

2020年5月9日，养殖基地的第一枚鸭蛋落了地，可这蛋的个头，连山鸡蛋都不如。往后，这初生蛋越来越多，大家的脸却越来越阴，这蛋怎么卖呀。

2020年6月3日，来了一拨鸭蛋专家和饲料专家。鸭蛋专家敲开一枚初生蛋，凑近鼻子闻：

"好蛋！不腥！在城里，初生鸭蛋卖5块钱一枚，而且只能预订。"

"哈，原来是宝贝！"

2020年6月4日，覃文选参加了自治区扶贫创业致富带头人培训班。这下，覃文选的眼界可比老房的树都高，他终于干了一件不一样的事，一件几代人不敢想的事。

定坡冷泉麻鸭。
①②③ 2020-04-19

①

②
③

因为鸭子很多，每天喂鸭子都是项"大工程。" ① 2020-07-07

覃文选的妻子罗爱娘说，捡蛋、装蛋是最开心的时候。

② 2020-08-04 ③ 2020-06-26

驻村工作队队员韩国兴（左二）、汤恒议（左一）、德保县人大常委会副主任苏娟（右一）替鸭场装鸭蛋、算明账、拉订单，忙前忙后。

④ 2020-06-05

①	③
②	④

定坡村村集体经

覃文选和妻子罗爱娘在给鸭群喂食。
2020-04-19

46

济蛋鸭养殖基地

金线莲幼苗。2020-07-18

4 金线莲

不知道有多少个春天，瑶娃娃谭优美都会哭着找外出打工的爸爸妈妈。

奶奶哄她："过几天就回来咯……过几天就回来咯。"

可过了好几个"几天"，爸爸妈妈还是没有回来。

然后，她好像什么都忘记了，爬树、摘果，但"弟弟、妹妹又哭了"。

谭优美11岁的春天、夏天、秋天……每一天，都可以见到爸爸妈妈。

因为这个春天，爸爸在房子背后的林子里，种出了金线莲。

这些镶着金丝、传说中能治百病的神草，果真治好了孩子们思念的眼泪。

2020年的一个夏日，在定坡村怀一屯的山腰上，一片乌云飘走了，阳光直直地射下来。谭优美和弟弟神气活现地举着比自己都高大的"战利品"——几枝果实累累的水东哥，从密林里走了出来。

　　大太阳晃眼睛，知了都喊"热啊热啊"，父亲谭绍南随手拿起一根水管，拧开龙头，一道"水门"顿时出现在半空，迎接孩子们。孩子们顾不得脱衣服了，一头钻进"爸爸雨"，跳跃、穿梭、奔跑，嚷着要看"彩虹"。

　　这真是一个无比快乐的暑假。

　　往年的这个时候，谭绍南和老婆都在广东打工，只有过年，才能回来一趟。怀一屯位于定坡村和百色右江区的交界，是定坡为数不多的"山林屯"。早年，父辈从定坡村陇布屯的

在"爸爸雨"中雀跃的
孩子们。2020-08-12

石山搬来这里，在不属于他们的林地里刨食。几十年过去，怀一屯依然贫困，依然得"到外边找钱"。

喷出"水门"的水管，是用来给金线莲浇水的。在谭绍南的屋旁，在老梭罗树、枇杷树和山楂树围起的阴凉下，有两个由遮阳网支起的种植棚，里边就是谭绍南和叔叔谭华权种的金线莲。

什么是金线莲？半年前，49岁的谭华权对它还一无所知。2017年，他辞掉广东的汽车配件厂的工作，回到老家照顾年迈的父母。2019年，怀一屯同时通了电和路，谭华权多了想法。他偶然在圩市上听说，外地老板来收一种叫金线莲的草药，价钱开得老高——鲜货每千克660元。

谭华权在网上一查："北有冬虫草，南有金线莲。金线莲是一种药用食用土生兰，生长于海拔50—1600米的常绿阔叶林下或沟谷阴湿处。喜肥沃潮湿的腐殖土壤，空气清新、荫蔽的森林生态环境中能形成成片的较为单纯的群落。"

肥沃、潮湿、森林……这说的不就是怀一屯吗？谭华权很快在网上敲定了一家提供金线莲种苗和种植技术的公司，对方对怀一屯周边的仿野生环境，果然赞不绝口，一来二去，他发动了怀一屯其他3户人家，一起投入4万元，种起了两亩金线莲。

金线莲的生长周期不到5个月，目前市面上仿野生金线莲干货的收购价为每千克4000元，一亩地每周期产量约10千

谭绍南在给金线莲幼苗浇水。2020-07-18

开山破石修建怀一、怀二屯路网，自拍。2018-10-09

克，如果顺利的话，再过两个月，叔侄俩每人可收入2万元。

冷不丁地，谭绍南抓着两扎黄皮果，从林子里钻了出来。他走进叽里呱啦的孩子堆里，手上的黄皮果很快只剩下光溜溜的杆。

这是谭绍南的幸福时刻。过去，他每年春天都要外出打工，每个月挣3000元。怀一屯山高，离定坡小学有十几里路，每周一和周五，孩子们只能走着来回。

在家好还是外出打工好？

"在家，在家可以送小孩上学咯。"这是谭绍南首先想到的。

2019年之前，怀一屯不通路，不通国家电网，各家各户在山涧里倒腾的小水电，只够照明和看电视。从怀一屯到东凌镇，要走不到一米宽的山道，得花一个小时。2019年年底，怀一屯同时通了电和路，谭绍南一口气给家里添置了电冰箱、洗衣机、电饭锅、电磁炉……2020年年初，他还考了驾照，送孩子上学只需要15分钟。在家的时间里，他和老婆把之前撂下的八角林，又重新施肥、除草、除虫，病恹恹的八角树又变得绿油油。叔叔谭华权还想要买三轮车、买设备，每天做豆腐卖到镇上……

"嘟嘟嘟……"屋外传来了喇叭声，原来，是贩子把一卡车水果、蔬菜开到了怀一屯。谭绍南买了个大西瓜，劈开，一人一瓣。

"金线莲也一样，老板都是自己开车上山来收咧。"

只见谭绍南的小儿子谭永生，连西瓜的白瓤都吃干净了，吃成了大花脸。姐姐们"哈哈哈"地指着他，笑开了。

谭绍南和他的孩子们

①③
②④

举着"战利品"水东哥去找爸爸。①② 2020-08-12
爸爸也给孩子们准备了好吃的。③ 2020-08-12
孩子们在金线莲间嬉笑玩闹。④ 2020-07-18

黄仕益采药。2020-10-04

5 瑶医

黄仕益，1947年生，瑶族，定坡村陇井屯人，党员，当过村主任，还是位村医。

驻村第一书记的脚扭了，找到了黄仕益，第一次进门，就被他满墙的草药柜给震撼了："我以为极度贫困啥都不会有。这百药柜，牛了！"第一书记在他的身上，找到了定坡村的精气神。

不仅如此，从老村医的经历中，还折射出老百姓在求医问药上的今昔变化。

如果说"知识就是财富"的话，黄仕益的财富在村里恐怕首屈一指。2020年的一个夏日，黄仕益正在自己的配药房里忙碌，桌上摆着几十本医书：《实用人体解剖学》《国家级名医秘验方》《肿瘤及杂症防治》等，书的一边放着个台灯。小儿媳兼助手黄小新说，公公一有时间就翻开医书研究。

名声在外的定坡村村医黄仕益，还写满了数十本病友本。黄仕益随机翻开其中一本病友本，翻到了一位来自珠海的外伶仃岛的慢性病病人，上边记录了病人的检查结果、药方、病情的追踪。只要是在他这里问过诊的病人，不管在他这医好了几分，他都要做笔记，把病人按照问诊时间、村别、县内外分门别类，一目了然。

驻村第一书记的脚扭了，找到了黄仕益，第一次进门，就被他满墙的草药柜给震撼了："我以为极度贫困啥都不会有。这百药柜，牛了！"第一书记在他的身上，找到了定坡村的精气神。

20世纪60年代，国家为了发展农村医疗，培养了大批给予过短暂培训的"赤脚医生"。1967年，初中毕业的黄仕益，参加了德保县首届"赤脚医生培训班"后，便背着药箱，在各个生产队给人看病，一个月挣25斤大米，"碰上什么医什么"。

90年代初，黄仕益还被大家选为村主任，但这些都不能解决一家九口人的温饱。90年代末，他带着家人到了广东阳江，替人管果园、种花生，闲时给人开几副方子。

直到2009年，他才和最小的儿子回到定坡，东拼西凑地，在

给病人看病。① 2019-12-25
教儿媳黄小新配药。② 2018-10-14

平地上起了一层砖瓦房,并继续行医。他擅长治疗疑难杂症、内外伤,外村的人也会慕名而来。

小儿媳黄小新清楚地记得,大概在2013年的时候,邻村有位男子头部旧伤复发,不能动,也不能吃饭说话,被医院下了病危通知书。公公把他留在了家里同吃同住,用中西结合的办法为他调理,注射生理盐水、葡萄糖,扎针灸……两个月后,病人康复了,给黄仕益打了红包,捎了新衣服、肉菜,表达感激。贫困村里,看病仍有赊账,但黄仕益的收入还是好了很多。在21世纪的第二个十年,老村医终于通过市场,实现了自身的价值。

2019年年底,黄仕益意外中风,他第一时间去了市人民医院,出院后又自己给自己开方子调养。老村医和乡亲们一样,都参加了城乡医疗保险,其中贫困户住院报销比例达90%,慢病门诊报销比例达80%。乡亲们可以到国家医疗系统求医,也可以请黄仕益这样的乡村医生问诊,两者和谐互补。

在求医问药上,大家有了更多的选择,有了更多的获得感、幸福感、安全感。

兰秋琴（左）和阮雅静。2019-08-01

6 压箱底的瑶服

扶贫、脱贫，要看得见发展，留得住乡愁。而今的定坡村里，爱美的瑶族女子、机灵的瑶族儿童，都设法拥有一套瑶服。

瑶服，从老旧的代名词，转变为新的时尚，从"日常"变成了"珍藏"，它像一个符号，让主人铭记：我自何来。

阮姆实在安置点的新居缝制瑶服。2020-09-16

一

阮姆实，一位年过六旬的定坡瑶族妇女。2019年10月7日上午，阮姆实翻出了压箱底的瑶服，也翻出了深处的记忆。她难以用普通话准确表达，只能请村里的年轻姑娘帮忙翻译。

当年，散落在高山上的定坡瑶家，都设法在石缝里种棉花，用板蓝根染出蓝靛布，用自家的织机织布。阮姆实不上学，自十六岁起，就跟着老人学做瑶服。每到夜幕降临，村屯里的女孩们便放下农活，一起围坐在煤油灯下做针线。她们有说有笑，其实都在暗暗较劲，比谁的手工好，比谁做得漂亮，因为心灵手巧的姑娘，更容易赢得男孩的心。

都说瑶族女子多情，可是，在那个年代，定坡瑶山上的男女可不能嘻嘻哈哈。一个不经意的触碰，都足以让姑娘羞红脸。瑶族姑娘们会暗地里为心仪的男孩缝新衣服，期待着男孩回赠头巾，作为爱的回应。

"送了衣服之后呢，还顺利吗？"

"哪有，送了几个都没嫁成，觍着脸又把衣服要了回来。"阮姆实笑道。

姑娘们还会在衣服上别绣球做装饰。那绣球是四角的，这倒和壮族的圆绣球不同，球肚子塞上棉花籽，有点沉。到了歌会上，一抛，实实地打在人家小伙子身上，不知不觉就把人家引回了家。

到了家里，坐下来，继续唱：

"哥你愿意留下来，我就愿意嫁给你。"

一来二去，贴身的瑶服化作贴心的温暖，牵出一段段瑶山恋歌。

二

阮姆实，这个名字本身就很有定坡特色，"阮"是夫姓，"姆"在瑶语里意为"妈妈"，"实"是她孩子的名字，所以，她和不少当地上了年纪的妇女一样，没有真正属于自己的名字，只被人叫作谁谁谁的妈妈，听起来只是别人的附属。但制作瑶服，给她带来了最大的成就感。

"正要给娃娃们做呢。"她还拿出了几件半成品。

制作定坡瑶服，首先得有自产的、吸湿排汗、不易发臭的粗土布。用石灰调上板蓝根浸泡，洗净后和猪血、马各分（一种瓜的果实）同煮，当中还用上石榴果叶子和土丝瓜水，反复数次后，那米白的土布就呈现出暗夜星空一般深邃隽永的黑蓝色。

定坡瑶服男装不包头巾，衣服是立领、对襟、盘扣；女装是头巾、裙装（底裙加围裙）、斜襟宽袖上装，袖子上有白、红、蓝三道花边，衣领还有用三种棉线绣成的、被称为"蚂蚁花"的花纹。

"这些花边、花纹有什么寓意吗？"

"山下的壮服是全黑的，做点花，是为了区别开。"

阮姆实还翻出一条百褶裙，用料十足，裙摆翩翩。

这"百褶"如何制成？用了什么材料？

阮姆实神秘地不发一言，只见她将裙子一端用线穿成"百褶"后，一只手握紧，另一只手把裙身熟练地顺势折成百褶，又握紧，接着像拧湿衣服一样，把整个裙摆扎实地扭成一股，再将两头对折、扎紧。最后，只需静待时光。

这何尝不是智慧？

三

时光改变了衣裙的性状，也改变了它存在的意义。

就像现在的汉族人平时不穿汉服，满族人平时不穿旗袍一样，定坡瑶族人平日也不再着瑶服。"瑶服都收在箱子里啦！"所有人都这么说。

但是，在定坡，每当晴好的天气，总会看到谁家向阳的晾杆上，齐整地挂着瑶服，有的是一件，有的是两件，有的好几件，清一色是大身搭在杆上，袖子垂下，看得出是精心"编排"了一番。照顾它们的人，总把衣服里外翻了又翻、拍了又拍、拣了又拣，容不得它们落一粒灰，沾一点土。

这些被阳光亲吻的瑶服，好似飘飘彩旗，宣告着主人的来处。

定坡小学校长黄炼的朋友圈，时不时就晒出自家的"彩旗照"，配文："瑶服，色彩单调，布料粗糙，老妈却天天呵护有加。她用行动告诉我们：传承民族文化是我们义不容辞的责任，向这些老人们致敬。"

所以，压箱底并不意味着冷落了它，相反，是把它当宝贝呢。

2019年10月4日，十几名定坡村妇女自发组成的文艺队，一路攀爬，来到悬崖顶上的更类屯后，她们便迫不及待地褪去便装，换上一路背来的瑶服，唱起了《站在瑶山把歌唱》。老屯里的男人见状，也默默拿出了瑶服，郑重其事地穿上，和大伙坐在了一起。

有一种自豪，写在他们的脸上。

遮天蔽日的榕树，远远近近的高山，斑驳蜿蜒的石径，吱吱呀呀的木房……终于，古老的瑶寨因为这一群穿着瑶服的故人，再次找回了灵魂，复活了！

戴着传统银手镯的阮
秀月在晾晒瑶服，她
对瑶服呵护有加。
①② 2019-06-03
穿着传统瑶服的定坡
文艺队。③ 2019-10-04

①	②
③	

四

　　而今,瑶服的市场价值渐渐浮现。致富能人、村头便利店老板娘韦凤北,以上千元的价格,收集了三套最传统的瑶服,一套留给自己,一套留给女儿,一套给未来的媳妇。她爱不释手,隔三差五就翻出来自拍:"真想学着做哦。"

　　阮秀英,1960年生,定坡村第一名女党员,也是制作瑶服的能手。有所不同的是,她制作的瑶服,是卖的。

　　阮秀英小时候就被订了娃娃亲,丈夫何建勋毫不避讳自己是"横刀夺爱",80年代那会儿,一只鸡、两斤酒、一包烟,成就了他俩的事实婚姻,直到90年代,全县事实婚姻大排查,两人才得以补办了结婚证。"就看上她勤快。"何建勋说。阮秀英不但山歌唱得好,还是全村第一名女党员,他们家也是定坡村最早脱贫的住户,早早在山下买了地建了房。

　　而今,阮秀英又在增收上动了脑筋——做瑶服。2019年10月4日,阮秀英戴着老花眼镜,坐在床边,旁若无人地做起了针线,一旁的长杆上,已经挂满了成品。

　　她还搬出了自己的"宝贝",有扎成捆的花边、五彩的棉线、脆响的珠穗,还有待裁的土布。她还借鉴外地瑶服,在款式上动了脑筋——单边斜襟改成了对称斜襟,底边加了珠穗,穿着它走起路来摇曳生姿。

　　"300元一套,前阵子有个外地的姑娘拿了两套。"阮秀英骄傲地说。

心灵手巧的阮秀英给孙女何美琪的瑶服添上了花边和珠穗。2019-10-07

瑶族妇女的瑶服和银饰都是她们的标配。瑶族人民自种棉花，但很少自纺自织，多将棉花上市出售，换买土布作衣料。男人衣服为唐装，妇女则明显殊异。《镇安府志》记载："男女衣青衣，妇女裹头以花布。"从清末到民国年间，妇女都穿青布左襟齐腰短衣，滚襟边，镶红花纹，袖口镶一块约四寸宽红布条，头裹花巾，下体系百褶裙。瑶族妇女喜爱佩戴银饰品，种类主要有：

项圈。项圈有两种，一是项圈脚，重约20克；二是项圈扣，重20至30克，圈上刻花纹或字样。

手镯。一为扁平手镯，上刻花纹；二为扁平小手镯；三为圆条手镯。

耳环。一是圆条耳环；二是花盆耳环(形像花盆)。上面刻着精细花纹。

银牌。一般妇女都戴上6个银牌，银牌刻有花纹，挂于胸前，其形为八角星，分两排点缀在颈部。

银戒指。银戒指有梅花、马鞍、八宝三种，上刻花纹。

瑶族佩的银饰品，都是用纹银(纯银)或银圆制成。家庭富裕的妇女，一般都有全套饰品，外出走亲、过年、赶圩、办喜事，必须佩戴耳环、项圈、银牌、银泡、4个手环、4个银戒指。穷家妇女，则不全备。

——《德保县志》

瑶服

陇井屯 73 岁的谭秀要（左）、50 岁的谭惠琴（右）和
各自的孙子孙女。① 2019-12-25
怀一屯的何氏金（56 岁）。② 2019-12-29
定坡小学六年级的女生要拍毕业照，她们穿上了传统瑶
服，一起向学校走去，瑶服已经成为特定场合才会穿的
盛装。③ 2019-07-02

①	
②	③

时任村委副主任的何建佐和妻子卢秀毛。① 2019-12-22
更类屯黄氏美（53 岁）和丈夫梁忠武在自家老房前。② 2019-10-04

①
②

定坡屯阮秀英（右三）巧
手缝制了全家人的瑶服。
脱贫攻坚点亮了人们心中
的乡愁，更化解了人们心
中的乡"愁"。2019-10-07

瑶服、银饰、木箱，既是定坡瑶族女子嫁妆的"三大件"，
也是一个乡村的印记。

陇直屯谭秀实（72岁）。① 2020-01-04
更类屯兰氏全（58岁）。② 2019-12-22
怀二屯黄秀香（48岁）。③ 2019-12-29
陇体屯黄氏友（76岁）。④ 2019-12-24

①	
②	④
③	

定坡屯阮氏小（78岁）和其已过世的丈夫卢正光的照片。我精心拍摄了这些瑶眼肖像，让定坡看得见发展，也能留得住乡愁。2019-12-22

金秋十月，黄燕飞家的糯
谷丰收在即，引来燕子低
飞，她的女儿黄秀幸在田
中玩耍。⑤ 2020-10-08

7

糍粑西施

过去，山居的壮瑶"不事商贾、专力稼穑"。自古以来，每到东凌镇圩日，散居在高山上的定坡村村民，就会精心打扮一番，像雨前低飞的燕子，落到东凌街上赶圩。他们卖掉多余的大山土产，以换取生产生活的必需品。

定坡村陇乐屯的黄燕飞，便是从山上飞下来的妹子，是定坡村为数不多的生意人之一。

而今，绝大部分山居的定坡村村民都搬到了平地，从安置点开起的小卖部，从多处开花的养殖场，从东凌圩市的定坡身影，我们看到：变化，的确在一点点地发生。

黄燕飞（左二）和家人早在 20 世纪
90 年代初便已搬下山。2020-10-05

端午时节，阳历"逢7"，正逢东凌镇"街天"。

上午7点，日杂摊上"呜呜呀呀"的德保北路山歌，盖过了鼎沸的人声，盖过了急促的摩托车喇叭声，宣示今天又是做买卖的好日子。

圩亭周边已经被地摊占领，一张编织袋往地上一铺，就是一摊。石缝山野茶，5块钱一把，瑶家小黄豆，3块钱一斤……锅烧肉、长粽、炒花生的香味飘得到处都是，偏要让睡懒觉的人睡不安稳。

在热闹的中间，一位戴着围裙端坐的清丽女子，抓了抓碗里的花生碎，从石臼里扯出一团捣烂的糯米，把糯米团扯薄、压进一勺红糖花生馅。女子抬起头，招呼排队久等的主顾时，翻飞的手掌已行云流水般团好了糍粑。

女子叫黄燕飞，壮族，定坡村陇乐屯人，是村里为数不多的生意人之一。

"我们家在广西德保县东凌镇定坡村陇乐屯，有6口人，户主是奶奶陆美冼，有3个小孩，我黄秀幸12岁，是东凌中心校的学生，弟弟黄鹏5岁，妹妹黄秀雅3岁，我们家是一般的低保户，很困难，所以想到了做糍粑和烧烤。

每天早上4:00，我们起来蒸糯米，6:00，我们再炸一些烧烤，7:00我们到了街上。我们先拿出火炉烧火，再把我们蒸熟的糯米拿上去加水给它热一下，才能放进石臼。然后就开始拿俩头捶，捶打1000次左右，让它变得均匀就好啦，接着就开始把它拿起来再压扁，之后呢再放馅，那个馅里有糖加芝麻，还有一个馅是红豆加盐，非常的好吃。"

——黄燕飞女儿黄秀幸的作文（下同）

黄燕飞当家，女儿黄秀幸也
随她的姓，品学兼优。
2020-10-05

20世纪80年代，黄燕飞出生在石山上。90年代初，她的父亲不顾其他人的反对，执意要带着全家搬下"田地没有，又养不得猪"的平地。全家搬下山后的日子，并没有立即好转。黄燕飞小学毕业后就因贫失学，到外边餐厅打工，当起了服务员，偷师学做糍粑、包子、豆浆、米粉。

或许是早早搬下山的原因，黄燕飞对土地有些生分，对买卖却情有独钟。外出打工几年后，她回到了老家起了新房，一边结婚生子，一边在镇上卖起了早点、小吃。

村里的第一书记说："大清早的，就看见她一个人在村小学门口，支个小摊卖早点，这在定坡可是稀罕事，一块钱一个馒头，我忍不住一次买它几十个，不知不觉就把镜头对准了这个干劲十足的姑娘。"

"有一位客人来了，他问一个糍粑多少钱？妈妈说一个一块钱，客人就说我要10个糍粑，每种馅5个，我的妈妈就按照他要的装起来了。这位客人说：'你们的服务态度很好，你们做的糍粑也很好吃，我给你们点个赞。'我就说应该的应该的。"

辛勤的劳动有额外的回赠。黄燕飞身材窈窕匀称，团糍粑时，灵活扭转的手臂上，能清晰地看到肌肉的线条。"打糍粑要用力，出汗哦，没力气拉不出来，我学了一个月才打得。"黄燕飞的功夫扎实，一缸糯米打足1000下，这样，糍粑留到第二天也不会发硬，口感依然绵软。团糍粑之前，抓一抓炒香的花生碎，让双手沾上不多不少薄薄的一层花生油，这样的糯米皮不黏不腻，更有淡淡的油香。

"他走了之后又有一位回头客，他说要30个糍粑，两种馅各要15个，这时我妈妈开始手忙脚乱地做起来了，5分钟过去后，终于把30个糍粑做好了，那位客人说，你很勤快啊，这是你的孩子吧，多大啦？我说我已经12岁了，客人就说真乖，之后他也给我们点了个赞。"

黄燕飞的大女儿黄秀幸，是全家的骄傲。小姑娘足月生下时只有3斤多，大家都劝当妈妈的把她送到县城医院的保温箱。黄燕飞没这么做，生生用自己的奶水把孩子奶大。现在，小姑娘不但在校成绩名列前茅，也继承了母亲的勤劳，每天洗衣服、照顾弟妹、摆摊，积极得很，活脱脱一个少年版的"黄燕飞"。

"到了四五点钟没有人啦，我们就开始每人一根烧烤作为今天的午餐，然后我们就开始收摊啦，我们先把5种样品分别装到袋子里去，再把火给灭了，最后我们就开始数钱了，嗯，差不多也是200到400元这样吧，如果是冬天街天（圩日）的话，糍粑比较好卖，我们做的糍粑差不多也有50斤，1000个。"

夏日的骄阳渐渐落到了山的那一头，不远处的水田飘来阵阵稻花香，人群渐渐散去，燕子们齐齐低飞。它们飞落东凌镇的百年圩市，穿过粉店门前的柴火堆，穿过老阿妈的卖菜棚，穿过无人看管的鸡笼，穿过黄燕飞的糍粑摊，穿进与圩市一门之隔的镇政府，穿过一行蓝色的标语：

"激发动力、发展产业、务工创业、光荣脱贫"。

过去，山居的壮瑶"不事商贾、专力稼穑"，每到东凌镇"街天"，散居在高山上的定坡村村民，把外表收拾齐整后，就和傍晚低飞的燕子一样，落到东凌街上赶圩。但他们只是卖掉多余的农产山货，以换取生产生活的必需品。

而今，绝大部分山居的定坡村村民都搬到了平地，从安置点开起的小卖部，从多处开花的养殖场，从东凌圩市的定坡身影，我们看到：

变化，正在一点点地发生。

①	③
②	④

黄燕飞的地摊。① 2020-02-20 ② 2020-02-24 脱贫奔小康，不等不靠自己忙。攒足了"生意经"的黄燕飞不甘再摆地摊，凑了两万元在镇中心校对面开了个饮食店。③ 2020-08-29 ④ 2020-10-08

合作社到供高屯收猪，主人说："买 3 头猪送 15 斤酒，
不喝完不能走！" 2019-03-21

8

瑶山酒的美妙与哀愁

定坡家家户户都酿酒，它的滋味是个谜。

村里人都说，这滋味一旦出了各家的门，摆到外边的市集上，就变了。

是因为被金钱衡量过吗？可能是，也可能不是。

定坡人不会轻易把融汇个人秉性蒸萃而成的、独一无二的家酿，摆在货架上，开出随大流的价钱，由人挑选。定坡的好酒有权静静地待在祖传的酒缸里，挑选配得上它的人。

你不喝定坡的酒，就不懂定坡的人。这酒里，有定坡人的弓与犁、歌与舞、过去与现在，也有贫苦中滋生的放纵与忧伤。

盛夏之时，定坡村陇布屯，1957年出生的罗荣显，刚刚蒸了一甑好酒。他是鸡甫水库移民，家前后有清冽的山泉水淌过，蒸出的酒自然更胜一筹。罗荣显家脱贫出列，酿酒帮了大忙。"都是人家打电话过来要，我才做。"没错，罗家的酒，可不会轻易流到市面上，估计是定坡村最早的"订单式产业"。

　　对罗荣显来说，酿酒是个仪式。他每次都要把蒸甑、天锅、酒桶等刷得干干净净。白色塑料酒桶靠着墙依次排开，由一个粗糙的坛子打头。这坛子由一个倒扣的瓷碗密封，传了好几代了，装的也是酒，不过，当中的酒要陈放一两年，是自家待客用的。

　　"（放够）一年两年的喝下去，你睡觉很舒服的，（醒来）精神精神的，又不晕，随便你喝醉。"罗荣显声音中气十足，俨然一名匠人在介绍自己的得意之作。

　　瑶山酿、黄豆腐、熏腊肉，据说是定坡人的待客三宝。

　　客人进了门，不管相识或不相识，主人家第一句便唱："难怪有好梦，原是客人来。"然后满上一碗玉米酒，搬凳子请坐。定坡家家都有美酒香，香蕉、芭蕉、红薯、土玉米、稻谷均可酿酒，其中以土玉米酒为上乘。

　　"不喝酒做不得工。"定坡人说。

　　早年，定坡村更类屯的谭造针，在山下中了通信公司的头奖——一台三门冰箱，他一碗米酒下肚，冰箱整个儿压在背上，却还轻快得像飘在云端，就这样，把冰箱背上了"悬崖上的村庄"。

喝酒长力气。谭造针、黄氏里夫妻把床铺红薯挑下山。2019-12-08

后来，谭造针举家搬到山下平地，又是一碗米酒，将实木大床背下了山。

喝酒是瑶山的一大娱乐，《德保县志》是这么写的："壮、瑶男子饮酒相当普遍……也有少数瑶族男子，每次集圩，均集资沽饮，不拘性别，劝酢为欢，斜视不禁，言笑无忌，褒衣燕坐而不避，醉乃讴歌牵手舞蹈而归，或俟其配偶背负返家。"

"村里有没有人戒了酒？"

"戒酒？除非是医生下了最后"通牒"，才会戒得了酒吧？"定坡人爽爽地回答。

2020年的腊月，定坡村的一名醉汉倒在路面，被汽车碾压身亡。

他醉卧路边，已不知道多少次了。有时穿着一双拖鞋，仰着头，眼神失焦，用一对鼻孔看人，恍恍惚惚称没有吃饭，拿了工作队队员的水和干粮，才深一脚浅一脚地颠回家。有时赤着脚，却穿着一件工作队队员给他的棉衣，奄奄一息地从裤兜里掏出一本户口簿，盯着看。

知道的人哀其不幸，也怒其不争："早年偷牛，坐了几年牢，老婆跟人跑了，自此一日三餐，靠酒打发，喝醉了就打人。左邻右舍、村干部们多次劝说都无济于事，醉倒路边成了他的常态。"

甘落屯的一位女娃娃，不敢靠近寨子旁的一个池子。老人告诉她，这水池有妖怪，要吃人。女娃娃深信不疑：要不然，她的布（瑶语：父亲）怎么会一头扎进这池子，再也上不来，照片上，布是那么年轻……美（瑶语：母亲）已经不要她，布怎么舍得丢下她？

老人是不忍心告诉她：美从外边嫁到定坡，受不得穷，丢下她和布一个人跑了。瑶山的夜太长，布的心太难过，日日喝酒，心碎了，身子也坏了……要说这妖怪啊，就是个酒怪！

这酒怪专咬男人咧，在定坡，总能听到谁家男人翻沟里

《酒欢》（壮语歌）

（直译）喜而，得个媳（喜）而聪明，同没而！
惊去全天（而）下（而列）同。

（配歌）喜而，媳妇真（喜）而聪明，新朋友！
惊动全天（而）下（而列）朋友。

（注：1."同没而"是"新朋友啊"的意思。
2.这首歌流行于德保县东凌一带，结婚时两女齐唱，也有男女两人齐唱。）

——《德保县志》

定坡男人们醉卧路边稀松平常。2020-05-14

了，摔断腿了，磕破头了……不用问，十之八九是碰上酒怪了。

　　然而，在定坡村的怀一屯，30岁的谭绍南倒是不太喝酒，2019年，屯里通了水和电。2020年，他在山坡上种起了草药金线莲，预计年收入4万元。

　　"有事做就不喝酒咯。"谭绍南一边给金线莲除草，一边对酗酒不屑，"那样不得。"

　　还有人和他的想法一样，这不，定坡村里的大学生微信群里，讨论起来了：

　　"不管什么酒，适量可以，多了受不了，我最不喜欢喝酒，但是有时候又不得不喝，喝了以后头痛，身体痒，难受。"

　　"酒这东西吧，适量喝喝可以缓解疲劳、增进感情，但是酗酒成性，影响正常生活就不好了。"

　　"总结，扶贫主要是扶志，扶精神文明，不能只扶物质。咱们定坡有酗酒的，但那是个别对吧？但就是这些个别人，未免太自私！在党和政府的引导下，倡议大家少喝或不喝！"

　　"发展是把金钥匙"，发展将会过滤掉定坡酒里的放纵和忧伤，只留甘甜和醇香。

罗荣显
谭家勤

陇布屯罗荣显家，有黄连山的冷泉水流过，他家
酿出的酒最受欢迎。①② 2020-06-27
定坡红薯酒醉人醉心。③ 2019-10-26
搬迁到安置点的谭家勤做起了酒生意。他在自家
门口蒸酒，每个月都能卖出几甑。④ 2020-07-07

①	②	③
	④	

定坡乡味十二品

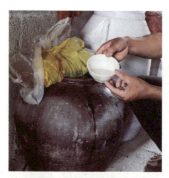

定坡村最大的优势是土特产，所以作为驻村第一书记，我还整理了定坡乡味，共十二品：

1.瑶寨土山酒

2.东凌熏豆腐

3.定坡土飞鸡

4.定坡土山猪

5.瑶山野八角

6.定坡冷泉鸭蛋

7.鸡甫大麻鸭

8.石山野蜂蜜

9.满天星山野茶

10.定坡冷泉稻米

11.定坡百草羊

12.卫东山油茶

①	④	⑥	⑧	⑪
②	⑤	⑦	⑨	⑫
③			⑩	

2014年定坡村有建档立卡贫困户400余户。

其中，2014年退出11户45人；

2015年退出37户153人；

2018年脱贫出列132户573人；

2019年脱贫出列226户915人；

2020年脱贫出列51户134人。

2020年底经过双认定，

定坡村完全实现一超过、两不愁、

三保障的脱贫目标。